즐길 줄 아는 행복

즐길 줄 아는 행복

안효만 여덟 번째 시집

시조와 시를 함께 담은 작은 세상

문학 **춘하추동**

묵묵히 이어온 글쓰기

이런저런 많은 우여곡절 속에, 지금에 머물곤 있지만 참 외로운 도전이었습니다.
흔한 말로 저 좋아하는 짓이었지요.
주위의 눈치를 떨칠 수가 없었고요.

하지만, 묵묵히 이어온 글쓰기를 한 스스로에게 수고했다는 칭찬은 꼭 해주고 싶었습니다.
위로를 해 주어야겠다는 생각으로 제8 시집을 준비했고 우리네 나이로 희수(喜壽)라는 감개가 한량없는 생일을 맞게 되었으니 이 또한 얼마나 기쁜 일인가 싶었습니다.

행복하다!!
지금의 제 마음입니다.

2025. 2. 5.(음 정월 초파일)
내 고향 당미에서

　　안효만 작가는 서울에 본가를 두고 시골에서 쉬고 있는 땅에 조금씩 농사일하며 창작에 임하고 있다.

　　얼마 전 작가로부터 참으로 행복한 모습임을 느낄 수 있는 이야기를 들었다.

　　문학춘하추동의 2024년도 추령 시화전에서 즉석 백일장에 작품을 내고 장원이 되었는데 시골에 와서 친구들에게 얘기하였더니 초등학교 담장에 큰 현수막이 붙었다는 것이다. 부끄럽다며 내 젖는 손을 마다하고 사진을 보여달래서 보았더니 너무나 정겹고 나 자신도 그 순간 참으로 행복함을 느꼈다.

　　"그래! 이렇게 사는 거지. 남 잘되는 게 배 아프다는 세상에서 이렇게 정겨운 모습도 분명 있구나." 싶었다.

　　책을 편집하고 출판하면서 작은 마음이나마 그 아름다운 우정을 몇 장의 칼라지에 옮겨 담았다.

　　-아직 세상에는 아름다운 이야기들이 많이 있다는 것을-

　　77세(喜壽)의 생신을 축하합니다.

　　희수(喜壽)의 기념으로 제8 시집(시조와 시의 만남) 상재 하심도 축하합니다.

문학춘하추동 발행인 고현숙
춘하추동 출판사 대표

장승촌

짓눌린 삶의 애환
시절을 풍미하고

한바탕 웃어넘길
해학의 표정으로

옛 시절
돌아 본 관념
장승들은 말 건다.

신양초 37 가을 야유회
서산 삼길포항
2024. 10. 12

| 목차 |

제3부
시를 옮기다

제4부
옷깃 여미어 갈 아름다움이

제5부

첫사랑의 오롯한 부대낌이

제6부

내 닫혀진 가슴을 열고

시조
제1부

포플러 그늘아래
무지개 꿈을 좇던

뻐꾸기 울 때면

왔다가 또 갔는가
자리 펴준 바람 손
꼼꼼한 햇살 머슴
쓰레질 마친 자리
파랗게
제복 입은 모
논배미에 줄 서네.

4월을 보내며

행복한 치장으로
예쁨을 듬뿍 받고
저마다 색과 향을
뽐내던 봄꽃들이
계절의
녹색 혁명에
깃발 들고 달린다.

봄소식

쌍샘뜰 빨래터에
아낙들 둘러앉아
겨우내 묵힌 사설
꺼내 들고 행굴 때
냇가의
버들강아지
내어 뱉는 살얼음.

함박눈을 바라보며

소복한 장독대 눈
시루에 담뿍 담아
팥고물 솔솔 뿌려
가마솥에 찌어내
고수레
감사의 마음
거리제를 지낼까.

인생 또한

살다가 살아내다
떨궈진 낙엽이다
열정이 식지 않은
아직은 뜨건 가슴
하지만
자연의 부름
불응할 수 있는가.

물방개

촐랑이 소금쟁이
툼벙을 내지르고
송사리 풀숲 밑에
깊은 잠 청하는데
유유히
잠수 마치고
물수제비 떠 간다.

생강 캐던 날

상큼한 정통의 향
스스로 자각하고
겸허한 내면의 삶
오롯이 정제하여
보란 듯
깔끔한 단심
체통 이은 종손들.

책망

노을이 너무 고와
멈춰 선 강언덕에
흐르는 구름 사이
내 삶이 창문 열고
색바랜
세월의 흔적
꺼내 들고 흔든다.

대관령

먼 길을 오셨구료 반길 이 없음에도
봇짐을 열어보니 한숨이 쌓였구려
말 마소
내 뜻과 다른
세상사에 등졌소.

봇짐은 가벼운데 마음은 천근이고
꽃피는 산의 숨결 곱기만 하건마는
민심의
사나운 눈길
말문조차 막는가.

고갯길 올라서니 시름은 무뎌지고
동해의 푸른 물결 가슴을 차고 올라
깊었던
애증의 고뇌
썰물처럼 빠진다.

삽살개도 잠든 밤

달은 지고 없는데
골목엔 인기척이
술 취한 나그네가
헛발을 내딛는가
외등이
껌벅 이면서
허리춤을 잡는다.

나비가 날개 펴던 날

사립문 닫혀있는
움막집 토방위에
삽살개 집 지키며
게으른 잠 청할 때
햇살이
노니는 꽃밭
행복 씹는 채송화.

에움길을 거닐며

숨 가쁜 오르막길
걷다가 멈춰서고
지평선 멀리 뵈는
그 먼 곳 막연한 데
내 뜻에
토 다는 삶도
제 인생을 산단다.

해거름

서산에 머문 노을
소등할 참이런가
참새가 창문 닫고
농부도 손을 터는
온종일
꿈 짓던 일상
가족 품을 찾는다.

뉘우침

분수껏 살라시던
어머니 매인 말씀
몹시도 망연함에
내달린 강언덕에
아린 맘
길게 늘어진
골 깊은 곳 뜨겁다.

입동즈음에

추위에 쫓기었나
바람이 설설 기고
움츠린 돌담 밑에
햇살이 모여 앉아
얼은 손
호호 불면서
졸음 취해 턱 괸다.

가을 숲에는

이슬에 물들여진
미려한 낙엽의 깃
또렷한 색깔일까
햇살이 다듬질해
마름질
정갈히 하여
단풍이요 내 거네.

짬의 낭만

발길이 흥에 겨워
거니는 동구밖에
곡식은 둘러앉아
햇볕을 나눠 먹고
바위틈
도토리 굴려
낱알 세는 다람쥐.

구경 오실래요

설악산 단풍 아씨
일색인 치맛바람
노출이 심했던가
예서제서 난리다
사람들
불구경하듯
자리 뜰 줄 모르네.

낭만의 계절

가을이 불 지폈다
입소문 꼬리 물어
색동옷 갈아입은
숲속의 요조숙녀
내장산
단풍길 따라
한량없이 줄 잇네.

선물

창문을 두드리며
고개 든 낯익은 손
올해도 못 거르고
9월을 배달받아
청지기
귀뚜라미가
퍼 올리는 국화 향.

애증의 세월

짊어진 삶의 짐이
버거워 등이 휘인
작대기 장단 맞춘
농부의 생의 애환
해 질 녘
빈 지게 지고
허리 펴는 귀갓길.

사랑해 줄래(단상)

한번은 웃어주길
간절히 바랬는데
오늘따라 그 애가
웃음보 터트렸다
내 등에
납작 붙여진
쪽지 편지 하나로.

귀띔

섬진강 매화꽃이
첫사랑을 못 잊어
언덕에 홀로 서서
눈시울 적셔갈 때
나비도
짠한 마음에
날갯짓을 멈췄다.

새싹

빗방울 무의식 속
똑똑똑 잠 깨웠나
긴 잠잔 씨앗들이
감았던 눈 번쩍 떠
창문을
열어젖히고
까치발 서 내민다.

허수아비

길섶에 우뚝 서서
날 찾는 꼬마 참새
행색이 남루한 걸
무섭게 여겼는가
엄마의
치마폭 속에
눈을 빠끔 떴구나.

가을이 왔다구요

동구 밖 서성이던
강바람 신바람 나
벼 익는 논배미를
두루두루 살필 때
메뚜기
쌍심지 켜고
펄쩍 뛴다 내 꺼라고.

삶의 애증

내딛는 걸음걸음
무엇이 문제던가
눈빛이 흔들리며
휘청인 몸 가늠은
끓인 화
내뱉지 못한
속앓이의 한일까.

4월만 같았으면

꽃동네 마을잔치
호강에 겨워 있고
상춘객 제철 따라
생색이 미소 짓던
봄바람
치마폭 잡고
사랑놀이 즐긴다.

라일락 꽃 필 때면

골목길 가득한 향
발걸음 멈춰 놓고
돌담을 넘은 송이
내 입술 애무할 때
궁금해
넘겨다 보는
소녀 가슴 더 뛴다.

당돌한 실례

해 질 녘 노을빛을
빗질해 넘겨가며
눈시울 적셔가는
여인의 뒷모습에
괜스레
마음 아리어
끌어안고 말았네.

서귀포 아씨

바다의 짭짜름한
소금기 듬뿍 담아
흩뿌린 제주 들녘
유채꽃 만발이네
사립문
봄의 화신을
버선발로 반긴다.

옛친구

꽃바람 잔디 위로
파랗게 불어오고
포플러 그늘아래
무지개 꿈을 좇던
웃자란
개구쟁이들
어디 있니 지금은.

산들바람

폭염을 등에 업고
풀 매는 아낙들이
이마에 흐른 땀을
맛으로 훔칠 때에
바람결
살맛 나게도
살랑대어 참 좋다.

시조
제2부

가슴을 저며오는
두려움 벗는 침묵

폭염의 질주

덥다는 아우성에
선풍기 돌아가고
못 살겠다 혀 차며
에어컨 빵빵 트는
자연의
이상기후에
열받았다 하늘도.

다방에서

고향이 어디일까
궁금도 할 터인데
직업이 무엇인지
알고도 싶을 일을
차 한 잔
건네주면서
단 한 번에 말 텄다.

산촌의 복더위

마음이 늘어진다
엿가락 휘이듯이
열기로 땅 껍데기
거북 등 덧씌울 때
같잖은
모기떼까지
알짱이는 초저녁.

애증의 풍경

앞산에 뻐꾸기가
뻑 뻐꾹 울어대면
서낭당 숲속 멀리
왜 그래 대답하는
산촌의
애잔한 연민
숙연함이 고인다.

정색

때 잃은 봄비 내려
들녘이 난감한 데
밀밭에 청개구리
정한수 자작일 때
흘린 물
까시락 짚고
두렁 넘어 숨는다.

불청객

폭염에 잠 못 들고
무심을 셈하는데
창문을 두드리는
예측 못한 툭 투둑
누굴까
궁금한 사이
기침하는 소나기

애증의 장마철

고양이 게으름을
시선이 동행할 때
오후의 밭두렁엔
풀들의 거친 한숨
행여나
소나기 올까
이도 저도 못하네.

배부른 낭만

까치가 버선발로
싸릿문 열더니만
집안을 둘러보며
들어선 해 비침이
마루에
올라선 순간
고요하고 따습다.

숲속에 비 내릴 때

철없는 내 가슴을
무작정 찾아들어
그리움 펼쳐놓고
각설은 연연한다
눈꺼풀
뒤적여 보며
꺼내 보니 네 생각.

낭만의 하루

더위와 타협하며
호미질로 풀 맨 후
휜 허리 쭈욱 펴고
흘린 땀 훔칠 때에
솔바람
옷고름 풀어
감싸 안는 측은지심.

삶 속의 애증

가물수록 기승부린
잡풀의 당당함에
농부는 어이없어
속상해 혀를 차며
쇠비름
멱살잡이해
맘껏 둘러 매치다.

추억 그 너머

골목길 북적이던
어릴 적 놀이들이
동그랗게 맴돌다
흩어져 그리운데
꿈속에
달려들어 와
불러내는 동무들.

보인다. 지금도

어릴 적 천진스런
눈망울 그렁그렁
노닐던 골목길에
재잘 소리 세찰 때
엄마의
저녁 먹어라
부싯댕이 뿔났네.

산천을 엿보니

숲속을 뻐꾸기는
혼절하듯 헤매고
밤꽃의 진한 향이
문고리 잡아 열 때
밥 달라
노란 입 벌린
제비 새끼 날갯짓.

어느 멋진 오후

저수지 만수위가
부유스런 맘이듯
모내기 끝난 들녘
온전한 농촌 풍경
바람결
흥 돋우던 날
햇살 또한 정겹다.

시절 풍경

자갈논 언덕배기
찔레꽃 한창이고
무리 진 아이들이
새순 꺾어 씹을 때
농부들
모심는다고
허리 굽혀 모 찐다.

붓꽃이 필 때면

당신의 마음눈에
외로움 눈물겹고
가슴을 저며오는
두려움 벗는 침묵
궁금이
까치발 딛고
골목길에 서 있다.

청개구리

비 흠뻑 맞으면서
일상의 삶이란 듯
집념의 무언 수행
여래의 깨달음을
번뇌한
성불의 도량
가부좌해 닦는다.

보이는 낭만

달빛이 내려앉아
날 찾는 대청마루
별들이 소곤대며
귀 쫑긋 살피는데
전화벨
그 짬의 찰나
넉살 좋게 울린다.

복사꽃 연정

깃발이 펄럭이며
바람을 보여주듯
웃음 띤 너의 표정
내 마음 읽었을까
분홍빛
보조개에 핀
수줍음이 예쁘다.

솔모퉁이길

발걸음 뗄 때마다
가슴은 널을 뛰고
보일 듯 눈 밟힐 때
머플러 휘날리면
숨 멎어
죽을 것 같다
알 듯 말듯 아련해.

하루가 여삼추라

먼 산이 초록 물결
수제비 떠 보냈나
숲속의 떡갈나무
푸른 옷을 입었네
들녘도
나보란 듯이
손 흔들며 부른다.

눈치코치

창문 밖 노을 지는
일손 놓은 하루가
오늘을 감사하며
시름을 샤워할 때
입안을
옹 물어내린
커피 향은 셀프다.

저기는 인왕산

안산의 봉수대를
빙빙빙 돌아보면
가까이 또는 멀리
풍경은 날 찾는데
우리 집
옥상 안테나
주파수만 맞춘다.

봄날이 오면

꽃들이 갓 피어나
눈화장 엷게 한 채
입 빵끗 빠알갛던
표정에 예쁨 주고
상큼한
설렘 솟는다
앵두 입술 첫 순정.

노송

산 좋고 골 깊은 곳
외롭게 홀로 자라
진한 한 삶의 길을
올곧게 걷더니만
늘 푸른
천연한 고독
청렴결백 일컫는다.

시샘

바람의 등에 업혀
먼 길을 달려온 봄
햇살과 흥정하며
산수유 꽃피울 날
촐랑이
꽃샘바람에
빵긋 입술 뺏겼다.

설렘

누구를 기다리나
햇살이 멈춰 섰다
온종일 돌담 옆을
궁금해 기울인 눈
홍매화
옷고름 고를
풀어내려 당긴다.

화엄사 홍매화

의레히 봄이 되면
귀 쫑긋 궁금하고
독경을 듣고 익힌
3백 년 여래의 삶
담담한
개화의 소식
봄이 왔다 읽는다.

봄이잖니

산처녀 잠 못 들고
창문을 열어갈 때
매화향 슬그머니
방안에 들어앉아
처진 눈
깜빡여가며
입술 화장 고친다.

청춘은

꿈 하나 달랑 들고 천하를 손에 쥐려
두둑한 배짱 세워 땅 짚고 재주넘는
욕망의
당찬 희망이
날개 펼쳐 솟는다.

젊음의 무한도전 가슴에 품은 채로
도회지 한복판에 우뚝 서 표효하며
비상할
용기의 날개
쭈욱 편다 힘차게.

감흥

설렘에 등 밀리어
찾아온 강언덕에
남몰래 날 부르는
홀림의 봄 내음 새
애틋한
사랑의 눈길
아플까 나 꽃 또 꽃.

햇살 좋은 날

매화에 홀린 눈길
힐끗이 훔쳐보며
감흥이 내려앉는
설렘에 취하는데
날아든
벌 한 마리가
깊게 하는 입맞춤.

알고 보니

살면서 겪게 되는
자잘한 부딪힘은
오롯이 내 선택의
진부한 과정이다
삶 속엔
어느 것 하나
내 뜻 담기 버겁다.

시
제3부

시를 옮기다

너를 보았을 때

누구도 거부할 수 없는
미색에 숨 멎은 채
너의 뒷모습을 훔쳐보리라

샛노란
은행잎이
마을 언덕에
휘날리던 날

난
진정한 가을의 정취를 맛보며
한동안 멍청히 감흥에 젖어
정색을 빌미 한 시인의 모드를
취한 상태다

누구나 시인이 된다는
누구나 시인이 될 수밖에 없는
너스레 속에
무아의 경지를 맛본다

정말
맛있다.

그리움은

또
그리움을 떠올립니다
삶의 짐은 누구나
같을 터인데도
그리움이 날 소망하는 듯
서로를 부른답니다

또
그리움을 떠올립니다
살면서
무엇인가가 부족한 듯 해
그리움을 불러봅니다
나를 채워달라고

또
그리움이 떠오릅니다
그리움은 늘 그리움을
찾아 완벽을 꾀하는 것이니
스스로 위로하며 하나씩
지워보라 합니다

이제는 배웠습니다
그리움은 늘
우리 곁에 머물러 있다는
사실을

살아가는 내내
이루고자 하는 무엇인가를
그리워하며 살아가야 하는
나의 분신이라는 것을
뒤미처 알았습니다

그리움은
나의
소망이었습니다.

행복

샴페인
축제장에
펑펑 터질 때
눈이 횡재한다

와우
와우

축하합니다

당신의
승진을

아,
얼마나 좋을까
아,
대리만족하던

나.

그래

나를 멈추게 하는 건 세월이었고
나를 미치게 하는 건 너 때문이다
나를 힘들게 하는 건 삶 때문이고
나를 철들게 하는 건 계절이었다

결국
나를 나답게 하는 건 인생이지만
나를 아프게 하는 건 사랑이었다

피기 때문에 꽃이요
지기 때문에 낙엽이다

그래
우리네 삶도 저들처럼 살다가
어느 날 휘리릭 흩어지지 않을까

하지만
나는 아직 모르는 일이다

그래
나는.

영원이란 말은

영원이란 말은 영원하지 못하다
내가 살아있는 동안 유효할 뿐이다

영원이란 말은
긴 시간을 의미하지만
마음이 허락한 만큼을
존재할 따름이다

미안하다
영원하다는 말을 함부로 써서

나 아닌
누군가가 지켜볼 때
영원은 영원할 수도
영원하지 않을 수도 있다

우리가
살아있는 동안은
영원하지 않으나
영원히 기억되는 이름은
분명히 있다.

전해지는 역사와 전설이
구전을 통해 이어지고
고문을 통한
숱한 사건·사고가 아닐지 싶다

영원한 것은 없다"라고
호사가들은 말을 한다

어쩌란 말인가
정말 그런 것일까

영원한 것이 없으면
지금의 우리는 없다

내
생각이다.

꿈·1

나 혼자
자유로이
꿈꿀 때까지가
내 삶이다

꿈은
살아있음의
징표가 아닌가

꿈
꿀 수 있을 때
실컷
꿔, 가져라.

너 혼자.

꿈·2

한번은 이루어지길
간절히도 바랐다.

하지만 쉽게 이루어지면
꿈이 아니라던
친구의 말을 믿으려
애써도 보았다

남들은 마음먹은 대로
이루어졌다고
얏호! 난리를 떨던데

어쩜 꿈이 너무 단순했거나
내가 이뤄낼 수 없는
욕망이었던가

줄줄이 사탕을 꿰듯
당당하지 못했는데도

그럼에도 딱하나
내 꿈을 이룬 것이 하나는 있다

당신을 내 곁에 두고
살아가는 인생길
그 하나만은 그런가요.

가을 이야기

뜻 모를 그리움이 발 동동
어쩔 줄을 모르고
사랑을 노래하며 흥 찾던
지난 여름밤의 흔적들이
고운 단풍이요 연민이라
사랑은 사치라던 그 말이
아직도 귓가에 아릿하게
씹히어온다 개설스레

어디로 가야 널 만나려나
산 넘고 물 건너온
세안한 참이슬 깨 웃음 쳐
그리움 파랗게 펄럭인 채
이별 서러워 주저앉았던
낙엽이 벌떡 깨금을 짚고
훨훨 훨 휘젓는 치맛바람
오호 제 잘난 멋이어라.

창가에 앉아

따스한
햇살 한 모금
취해보는
이 아침

그리운 이의
눈빛
한 모금으로
사랑을
채우고 싶다

어느새
내 손에 쥐어진
커피 한잔

창밖의
가을 정취 가
눈 속에 먼저
씹힌다.

이 가을에

내 삶은
잘 될 거야
행복하리란
그
오늘을
산다

가을이 주는
행복
릴레이

당신도
그런
오늘이기를.

순수의 감성

흔들리지 마
유혹하지 마
빠져들지 마
칭얼대지 마
알려 하지 마
눈 돌리지 마

못난 짓인 줄 안다면
하지 마

그냥
봐

이 가을을
너의 것으로
실컷 가져 보란 말이야
너다워질 때까지

그리고
너를 느껴봐

단풍의 색깔에
미친 너를.

응
-으이구 내 새끼

엄마
나
예뻐?

응,

엄마도
예쁘냐?

응,

엄마도

예뻐!

가을이다

누렸던 행복
채 이루지 못한 꿈이 있어도
마음을 비워야 한다
내려놓아야 한다
마지막
황혼의 경지를 맘껏
취해야 하지 않겠나

단 한 번 누릴 수 있는 절호의
계절이기에 마음껏
자기 본능에 충실할 일이다

그러기에
하늘도 파랗다 못해 새파랗다

그 절정에 맞춰
인생의 결핍을 많이 할 자연치유로
우리는 손쉽게 이 낭만을
즐기지 않는가.

가을만의 정취를
느끼자
힐링하자
가슴에 담아보자
마음껏.

너를 만나던 날

그 누구도
거부할 수 없는
미색에 숨 멎을 듯
자리 뜰 줄 몰라
너의 뒷모습을
훔쳐보았다

샛노란 은행잎이
마을 언덕에 올라서던 날

난, 난

미색에 반해
너의 이름을 부르고 말았다
강력한 외침이었다

순이야
나, 어떡해
눈을 뗄 수가 없어.

이리 좋은데

누구나
무엇이든
절정의 시기는 있게 마련이다
우리네 청춘의 시절이 있듯이
낙엽은
가을이라는 계절에 단풍이란
최고의 황홀경을 누리지 않던가

꿈을 먹고 꿈을 꾸는 시절이
삶을 살아가게 이끄는 것 같다

그대를 그리워함은

내가 그대를 그리워함은
그대의 존재만으로도
일상이 즐겁고 행복함이요

내가 인정하는 그대의 존재는
그대를 바라보는 내 마음이
편안하여 얻는 안정이요

한때, 살아내겠다는
열정 하나로 버티어 온 생
서로를 믿음으로 꾸렸기에
오늘에 선 그대

가진 것은 적지만 지금에
만족하며 자신을 위해 최선을
다하는 모습이 참 고마워요

이제는 지난날을 그리워하고
이웃을 배려하며 살아가는
그대의 사람됨이 나를
흐뭇하게 돌려세워 주네요

그런 그대를 사랑합니다
늘, 그리워하면서.

미색의 황홀

우리를
사로잡는
단풍의 추파
피할 수
없을걸

멈추어
홀려 든 채로
첫사랑을
찾으려

잎 하나 따
가슴에
묻은 채로

골 깊은 가을이면

으레껏
한바탕 잔치 소동을
일으키고

너나 할 것 없이
또렷한 자기 색깔의
단풍에 홀리어
법석을 떤다

누구나 할 것 없이
미쳐 날뛴다

자연도 미치고
사람도 미치고

온 동네가
바람둥이들이다

서로가 서로를
홀리는 탓에

가을은 매혹적이고
들녘은 풍요로워
우리네 삶도
덩달아 넉넉하다

살아오면서
이보다 더
좋을 수 있겠는가

그러기에
가을, 가을 하나 보다.

인생길 가다 보면

인생길 가다 보면
돌부리에 차일 때도 있다

그래서
인생길이라 하나 보다

힘들고 아프고
그립고 배고파
서러움이 밀려올 때
한 번쯤 쉬었다 가야 하는

길, 그 길을

우리는
지금 인생길이라며
걷고 있다

살기 위해
살아있기에 가야 하는
나로서는
초행길인 이 길을….

그날

낙엽이
떨어지던 날
그리움도
뚝
떨어질 줄 알았는데

너를 향한
꼬옥 쥔
그리움 한 줌
아직도
기억 속에 또렷하다

너의
뜨겁던
한바탕의 긴
입맞춤이

날
잡고 있다.

단풍에게

삭풍이
휘몰아쳐
가지 흔들 때
아쉽다
울지 말고

단심의 열정
태우렴아

너를
그리워하며
숲속을 헤맬
소녀의
첫사랑이

곱게
물들도록.

이 가을을

단풍에
미쳐 보아야
첫사랑의
맛을 알까

그럴까

당신은
이 가을을
어떻게
보내는지

미치는가
아니면
어떠합니까.

가을비의 바램

누구나
익히 아는
가을의 의미

10월의
단풍꽃

그리고
당신의 미소
한 모금.

생의 귀환

씨 떨군
은행잎이
물들어 간다

상처받은
어제 보다는
마지막
생을 향한
집념의 외유

거니는
걸음걸음

그리움이 쌓인다고 하여

누가 널
외면할까?

빈 의자

의자가
홀로 앉아
깊은 상념에
젖은 채
골몰하고 있다

제 딴에
생각하는
의자라는 걸
어필하고
싶었나 보다

고뇌에 찬.

정말

행복의
웃음꽃을
피어 준 당신
감사했습니다

정말.

시

제4부

옷깃 여미어 갈 아름다움이

정표

또렷한
당신의 사랑
불타오른
그 입술.

가을은

가을은 우리에게
시인으로 살라 한다

속에 있는 말
속 시원히 뜨겁게 퍼내라며

못 이룬 꿈, 가슴 아팠던 일
미뤄진 계획에
역시나로 기어이 날
수렁에 빠트린
절망의 순간까지를
오롯이 받아드려야 할
계절이 아니던가
스스로를 감싸 안으란다.

가을은
다툼의 시간이 아니고
현실을 인정하고 다독이며
너그럽게 용서할 수 있는
통 큰 사람이 되라 한다.

사랑이다
배려이다

저기 터줏대감인
은행나무도 정자나무도
단풍을 두른 채 서 있지 않던가

그 또한
사랑 때문이리라
한창인 삶의 여정 앞에
감성에 서정의 생각을
승화시키는 계절이야말로
가을만이 할 수 있는 일이다

가을이다
가을이 갖는 의미다.

가을 가을 가을

가을이
날
애태우게 하는 이유는
10월이라서가 아니라
가을 속에
당신이 있기 때문이오

당신이 있고
가을이 물드는 데
내 어찌
홀로 붉게 타오르는
단풍을 바라보고만
있을 수 있으리오

들녘을 바라보면
황금물결이요
뒤돌아 지붕을 바라보면
둥그런 박이 저리 주렁주렁
고운 데

사랑으로 불타는 가슴을
낸들 어찌하리오

지금쯤, 창문을 닫으며
옷깃 여미어 갈 아름다움이
눈에 선한 당신의 모습

어쩜
당신도 거울 앞에 앉아
마지막 루즈 칠로 입술의
초조한 마음 달래리라

그러리라는 생각이 날
자꾸만 저 숲속을 마냥
가을 타는 남자로
내달리게 하고 있소

오늘도.

가을이 깊을수록

온 가을
너와 나의
사랑 얘기가
너무나
뜨겁다고

홀린 듯
시샘에 빠져
단풍으로
곱게
물든다.

환장들 했다

잎새들은
모두 모두.

해 질 녘

긴 그림자를 앞세우며
집으로 가는 길
어슴프레
저어기 보이는 우리 집 대문

반쯤 열린 채로
발길 재촉하는 나를
눈 솔깃 지켜보며
길모퉁이 돌아서기를
걱정으로 기다린다

땅거미 질까 봐

아내라는 걸
나만 알고 있다.

사랑은 그런 거 라더니

낚였다
콩깍지 쓴 채
눈도 못 뜬
사랑에

미쳤다
콩깍지 쓰고
홀리었다
사랑에.

혼자라서 좋은

가을이 왔다기에
들녘을 거닐다가
펄쩍 뛰는
메뚜기를 보았다.

높고 푸른 하늘에
뭉게구름이 흐른다.

아,
평화스럽다
행복하다
나 혼자가 아닌
뜨거운 가슴이 별처럼
반짝인다

얼마나 더 살아야
저 풍경같이
호사스러울까

보고 있는 내내
뿌듯한 표정의 감정을
떨칠 수가 없다

가을이다

문득
네 생각을 했다.

어느 가을날

그리움을
기다린다는 것은 영원한 바램이요
간절한 소망이다

아직도 삶이 힘들고
인생의 모퉁이에 선 나를 느낄때
기다리던 그리움을 책망도 하지만

결과는
나의 무한 책임인 것을 깨달아 가며
또 다른 그리움을
사뭇 그리워하고 있다

살아있는 동안
늘, 그렇게 살아야 할 일인 것 같다

그리움을 향한 희망 사항이
내 곁에 와 입증해주길
기원하며 답도 주길 절절하게

또
기다린다.

우리 사랑할래요

그리움이 솟구칩니다
당신을 떠올리며
가슴이 숨 멎을 듯 매입니다
숨바꼭질 사랑도
더 이상 해결책이 못되고
보고 싶은 마음 굴뚝 같으니
당신을 만나지 않고서는
살 수가 없습니다

보고 싶어도 잘 참았고
빗발치는 그리움도
잘 견뎠는데 어쩐 일인가?
가을이 되면서
예서제서 연인들의 사랑
단풍길 따라 호들갑 떠니
참기엔 마음의 아픔 너무 커
상사병 날까 너무 겁나요

이참에
우리 사랑할래요?
사랑해요 우리.

가을이잖니

어쩌냐
만나고 싶다

단풍처럼
너와 나
불타고 싶다

지금 아니면
언제 우리가
열정의 불꽃
뜨겁게
태울 수 있겠나

이때다 싶게
어서 나오렴

순아

가을 맛인가

오늘은
커피 맛이
왜 이리 좋을까
행복에 겨운 듯
감칠맛이 더
깊다

너 좋아
나 미치듯
껌뻑 죽는

이 순간
이 느낌

긴팔 옷을 입고서도
참
좋다.

가을 사랑

가을은
너와 나에게
사랑을
꼬드겨도
재촉하는 일은
없다

지 알아서
주체 못한 채
온전히 물들이는
낙엽을
보았기에.

너를 사랑하고도

너를 사랑하면서도 사랑한다는 말
차마, 하지 못했네
행여, 그 말 했다가
너의 맘이 돌아서 버리면
나의 맘이 너무 아플 것 같아서
너를 마주했던 숱한 시간을
나 혼자서 맘속으로 울었네
사랑에 미친 바보라고
바보같이 사랑에 미쳤다고

오늘은 말하리라 굳게 맘먹고도
네 눈을 바라보면
금새 잊어버리지
너를 만나는 지금이 이리 좋은데
혹여 내 맘 다치고 너의 맘 아플까
그 많은 만남 속에 나 홀로
입안에서 돼 내이며 울었네
언제까지 내 맘을 속여야하나
언제 까지려나 이 아픈 사랑

느낌

사랑도 말야

봄에 하는 사랑은
늘, 설레더라

이유가 있는

유명한
위인들의
내면을 알면
끄덕여
답한다.

그렇구나
하고

성공한
사람들의
속뜻을 알면
무릎을
탁 친다.

그렇구나
하고.

네가 떠난 이유

나는 모른다
네가 떠난 이유를
정말 정말로

소식을 듣고
너를 찾아봤지만
이미 넌 없다

넌 꽃비처럼
봄비 내리던 날에
몸을 숨겼다.

이별

봄이 또 간다
뜨거운 연민의 정
불 지펴 놓고

그리운 흔적
애증의 가슴앓이
남겨놓고서

그래 가거라
가야 할 길이라면
낸들 어쩌랴

인연 외면한
돌아선 너의 시선
그래도 봄은
또다시 올테지만

이 봄을 못 잊어
너를 버린다

또 다른 너를
기다리며.

눈이 내리면

첫눈이
내리는 날엔
자꾸 네가
기다려져

뽀드득
발자국 소리
들리는 듯
귀 기우려

기다리는 내내

창밖엔
하염없이
쌓여만 가는

눈
눈

그리움은 더
커져만 간다

바라볼수록.

고향 산천

봄꽃이
활짝 웃으니
온 동네는

꽃동산

모두가
잔치 잔치 꽃 잔치
초대하고 초대받고

모두가 손님이고
주인인

즐겁고 행복하니
사랑도 꽃피더라

어허야
사람 사는 맛
이보다 더 좋을 수
있을까

덩실덩실 춤사위
흥을 돋워지더라.

그리움

마음 한구석이 허해
눈을 감으면
더 안달 이다
아주 집요하다.

그곳엔 너

너는 모른다
내가 왜 그곳을 좋아하는지

눈감은 지금도
또렷이 떠오르는 그곳을
난 기억 한다

어찌 잊을 수가 있겠는가

보인다, 보여
생머리를 휘돌리던
순간의 너를

그곳엔
샛노란 은행잎이
나폴 나폴 써 내린
가을 연서가
목마름으로 타고 있다

누구든 펼쳐
서로의 마음을 읽을 수 있는

만추의
샛노란 정경이.

낙엽이 가는 길

휘리릭 날아오를
그때가 올까
참새떼 날아오르듯

기다려
골목길에 넙죽 엎드린
바람에 몰린 녀석들

힘차게 솟구치어
날아오를 채비
갖추었더라

창문 틈으로 엿보는
소녀의 설레임이
읽힐 즈음에는

낙엽도 한 번쯤은
푸른 창공을
새 떼처럼 군무를 추고파서

칼바람 속이라도
뛰어 오를게다
뛰어오르고 말거다.

어쩌다 세상이

거들지 마라
알만한 자 다 안다

저 뻔뻔함을

그들은
우리가 아니다

집단 회유뿐인
하이에나려나.

뜨거운 마음

임의
향기는
주로 밤에

멀리 퍼진다

생각이
깊어질수록
더
그렇다

그리움에
목말라.

기도·1

간절히 바랐던
그녀의 얼굴을
어젯밤 꿈에 보았지요
바라건대
오늘 밤엔 그녀와 함께
커피를 나누고 싶습니다
그 정도는
들어 주시리라 믿고
꿈속에 들으려니
꼭 이뤄질 수 있도록
주선해 주시길 간절히
희망합니다.

아쉬움을 뒤로하고
설레는 마음으로
꾸벅 잠들고 싶습니다

생각만으로 행복합니다
기도하는 이 순간이.

기도·2

내 마음의
영혼을 내어
우주와 소통하도록
길을 인도하여 주는
간절한 행위

만물이 함께 소통할
하나의 존재로
승화하리니

영혼과 영혼의
만남에 만사가
새로운 가치를
창조할 수 있도록

선택한 믿음
늘 신뢰하며
맡겨두리라

기도 속에
나를.

지는 해 바라보며

임의 향
멀리멀리
그리움 찾아
울먹인
그날 밤

그리워
그리워라
문자를 치니
답도
그립다는
말뿐이더라

카톡에
그립다, 란 말만
오고 갔을 뿐
정작
보고 싶다는 말 빠진 채
마음으로만
서로를
위로 한다.

시
제5부

첫사랑의 오롯한 부대낌이

첫눈

그 가시네
돌담길 돌아 돌아 내 마음
불 지르더니
어이하여 새벽바람에
창문 앞을 어른거릴까

왜 그럴까 망설임 없이
나는 밖으로 뛰쳐 나와
그 앨
덥석 안고 입맞춤했다

그리곤
시침 떤다

그 앤 숲속으로 달아났고
난 대문 안에 숨어들어
장한 일 했단 듯 혼자 취한다

초련 아닌가

인생에

살아가면서 이웃과 사회에
증오와
시기와
질투
분노
애증에 휩싸여
자책을 품고 살아간다면

슬픔과
웃음과
기쁨과
행복과
사랑을 채울 공간이 부족해
늘 마음에 그늘이 질 일이다

이유를 붙이거나 상처에
토를 달아 자신을 괴롭게 하면
결코 즐겁지가 않기에
걱정을 달고 살 수밖에 없다.

왜 그렇게 살려 하는가
불안하게 말이다
아니, 그런가

아픔을 채울 수 있는 치유의
공간이 필요한 것 아니던가?

우리네 모두가
너무 각박한 세상에 내몰린
이유가
대체 무엇이었던가

대체.

창가에 앉아서

그리움을 부르는 데는
커피 한잔이고
그리움을 달래는 데는
술 한 잔이 딱이 던 때가
청춘이었던 가

아파하지 말자고
아파하지 말자고

흥미롭고 즐기기에 좋은
첫사랑의 오롯한 부대낌이
따스함으로 휘감을 때
튕겨 나온 눈물 자욱도
살맛 나게 하지 않았던가

시절 인연에 감사할 수 있는
지금이 순간까지는
살맛 나는 인생은 아닐까

너도 그렇고
나도 그렇고.

네가 그리울 때

바느질을 할 때는
골무가 있어야 하듯이
사랑이 온전 하려면

너와 내가
있어야만 할 터인데

나는 여기 있는데
어디에 있는 거니

너는.

산다는것은

산다는 것이 록록치 않아
사람들은 더
적극적으로 삶의 질을
향상시키기 위해
그렇게들 바쁘게 사나 보다
하루하루가 절실함으로
만반의 무장을 한다
그렇치 않고서는 내일에 대한
행복을 장담할 수 없기에

그런데
사람들은 또 말을 한다

아둥 바둥 살지 말라고
가지고 갈 것도 아닌데

어쩌란 말인가
당신들은 간절한 마음으로
절실히 살아놓고서…

먼 산에
쓰러진 고목을 보면서
젊은 나무들이 살기 위해
최선을 다하고 있을 때에
비로소

아름답다 하지 않던가

산다는 것은
살아있기에 미래가 있고
미래가 있기에
열심히 살아야 할 가치가
있는 것이다

바로
너를 위해서다

존재의 가치는
지금의 나를 의미한다
열심히 살아라
너는 너여야만 한다
살아있는 동안은 희망한다

오늘도
그리고
내일도.

가을이다

막연한
부름으로
울부짖는다
짓눌린
그리움

터트리고 싶은
숨죽인 사랑
맘껏
표출할 계절이
아니던가

니가
어디에 있든
무엇을 하든

나는
늘
니 곁에 나 있음이
행복하다

아, 가을 가을
가을 아니냐.

가을아 가을

가을 내음이 눈에 보인다
꽃이 떨어지고 열매 맺어
품에 안고 키워내는 모성
그 첫걸음을 뗀 9월이여.

휘몰아친 모진 풍파 견딘
열정의 시간 그 하루하루
오롯이 겪고 이겨내야만
한 생을 말할 수 있잖은가
우리의 삶도 그러하듯이.

바람도 흥 햇볕도 흥하니
가을은 풍요의 보금자리
아 좋아라 행복한 아리랑
인정을 베푸는 가을처럼
우리 그렇게 살아를 보자.

가시나무새

사랑은
아픔보다
더
위대하다

당신의
사랑은

그처럼
고귀한 사랑
품고는 사는
나일까

가시나무새
처럼.

기억의 낭만

장맛비 내리는
쌍샘뜰에서
송사리 떼 똘강 따라
거침없이 오를 적에
아이들 얼개미 들고
고기를 잡던
지금은 사라져간
그리움의 시절 인연

얘들아
무엇이 되어
어디에서 사느냐

어른들 모여앉아
농사일 궁리하고
엄마가 부엌에서
부침개 뒤집을 때
청개구리
창가에 올라앉아
침 모아 꿀꺽 삼키곤

꽥꽥꽥

비가 더 올거라고
귓띔 해 줬지 않았나.

가을입니다

9월의 향기가
산뜻하게
우리 곁에 다가섭니다
희망입니다
꿈입니다
행복입니다
소망입니다
또한
기다림이 있습니다

우리가
살아가는 데 있어
최고의 바램과 기대치가
용기를 주고
할 수 있다는 간절함의
소원이 있습니다

이루어질 거라는
간곡한
의지가 있습니다

가을이기에
그렇습니다.

한 번쯤

너는 모른다
내가 왜 이럴까를

누구인가 난,

비를 흠뻑 맞고 선
갈 곳 잃은 그리움

아, 누군가가
세찬 비를 맞으며
마냥 서 있는
저
연민을 모른다
너는

사랑 헤매이는
봄의 마음을

정말 모른다.

33733 그리고

소녀를
그리며
참 인생의 순수를
간직한
내 영혼

어여쁘지 아니한가?

농촌 일기

푸른 햇살의 풋풋한 눈이
색안경 끼고 거니는 산촌
밤 꽃향기 소녀 홀리어갈
초 저녁쯤에 펼쳐진 시집
사랑의 인기척 읽혀간다.

세상에서 제일 예쁜 너

너는 머리에서
발끝까지 너다

너의
아리따운 선의 흐름

내 눈이
감사한 지경이니
무슨 말을 덧붙이랴.

내가 살아있는 한
너는
세상에서 제일 예쁘다

나는 아직
예쁜 모습을 지켜볼 뿐이고

너는 더 예쁘게
커 날테니

내 앞에서의 너는
늘
예쁜 소녀임을
자랑해도 좋다.

길

저 산을
넘어서면
맺혔던 한이
풀어질까 싶어

가시 덤풀 헤치며
그곳에 갔더니만

그곳 또한
사람 사는 곳이라

내 꿈을 펼치고자
처음부터 시작 해야 됨을
뼈저리게 배운다

인생의 길은 누구에게나
호락호락 내어주지 않음을
이제야 느끼어가듯

헛튼 꾀

세상은
읽고 있다.

살아있기에

힘들고
속상하고
고통스럽고
화가 치밀어 와
견디기 힘들 때

정말
감사하게 생각해야 할
일이 하나 있다

그렇다
아직은
내가 살아있음의 증명이다

모진 풍파가 너를 괴롭혀도
감사히 받고 그냥 즐겨라

감사하라
아직은 살아있어
감당 해야 될
내 몫을 남겨줘서

그러하니
지금의 나를 아끼자
더.

노후의 바램

느긋한
마음으로
살고 싶었다

쉽지 않다

삶이란
그런 것인가 보다

하지만
그럴수록 더
비워내는
마음의 준비가
필요한 것 같다

지금을
다행이라
생각하면서
느긋이 살련다

그래
느긋이.

아림의 낭만

어디로 가야 할까 어디로
기억 저편 외롭게 홀로 선
그리움의 낯이 뻔뻔도 해
틈만 보이면 성가시도록
아픔의 기억 깃발 흔든다.

다시는 할 수 없을 추억들
빛바랜 흑백사진의 끌림
그때 못했던 사랑의 묘수
이제는 할 수 있을 거란 건
그저 아름다운 소망일 뿐.

정도 멀어지면

얼마나
그리웠으면
미워 미워 했을까?

보고 싶다더니

얼마나
사무쳤으면
되게 할 일
없었네

예까지 왔다며
딴청을 떨까

반가울거며 .

아픔

어디로
어디로 가니
나를 두고
어디로

무엇이
아프게 하여
마음 걸음
돌리나

어차피
사랑싸움은
서로 다름을
알아가는 일

그래
상처 줄 말은
아예 하지 말자

끝까지
존중하는 맘을
간직할 일이다

그럴 수 있겠니

그렇더라

삶이란
힘든 시련을
겪고 나서야

비로써
인생의 참맛을
느끼게 한다

기회를 주지만
느끼기까지의
고통 또한 쉽지는 않다

하지만
기쁘고 맛있다
즐겁고 달콤하다

어쨌건
최후의 한점
행복이란 고명이 있다

쉽게 얻어지는
기쁨은 결코 없다

고통 뒤의 맛이
참맛 아니던가.

고향, 그리운 고향

잊히는가 잊을 수 있는가
그리워 가고 싶고
가고 싶어서 그리운 고향

엄마의 따스한 품이 있고
어릴 적 함께한 동무들이
가정을 꾸린 마을

아니 아니지
누구네 할것 없이
우르르 몰려가면
내 자식인 양
있는 것 없는 것 찾아 먹이려
동분서주하던 아줌마들

아하
머리 쓰다듬어 주시며
장하다고 칭찬을 배부르게
쥐어 주신 아저씨들

어찌 잊을 수가 있을까
어떻게 잊었다는 말 할까

눈감고도 골목길 돌고 돌아
너 없는 창문을 바라볼 수 있는데

이제야
널 사랑했던 얘길
차마 할 순 없지 않겠니

그런데 했다.
고향 그리워.

고래도 춤 춘다는

괜찮아 괜찮아요

나를 격려한
응원의 한마디

잘 될거야, 넌

짧은, 한마디
위로의 말에
일깨움이 되어
한 생을 살게 한
마법의 힘

괜찮니

그 한마디 말의 격려는
칭찬이 아니던가

그래, 칭찬!

바로 홀로서기 한

그 찬란함이여
그 위대함이여.

나리꽃

언제쯤
우리 집에
네가 왔는지
알 수는
없지만

해가
바뀔 때마다
너는 더 성숙한
숙녀가 되어
나와
마주하는구나

너에게 내가
반할 만큼으로

오늘따라

더.

은총

햇살이 구름 커튼 젖히고
빵긋 미소를 건네던 오후
들꽃의 간절했던 그리움
인간이나 짐승 모두의 꿈
햇볕 한 번 봤으면 한 소망.

지루한 장마 끝날 줄 몰라
눅눅하고 무더위에 지쳐
간절히 손꼽아 기다렸다
물론 이 또한 지나가리라
삶도 인생도 음양 있듯이.

은밀한 행복

네가 있다는 것만으로도
나에겐
네가 모르는 행복이고
너를 볼 수 있다는 지금이
나에겐
남이 모르는 기쁨이고
널 생각하는 것만으로도
세상은 내 것이 된다

존재의 의미가 이토록
아름다운 것이라는 걸 너도 아는지
느끼어 본 적이 있었는지
묻고 싶어만 진다

시간이 지날수록 점점 더
깊어져만 가는 이 현실에
너와 나는

사랑할 수밖에 없는 상황에
동의하지는 않을지라도
인정은 해야 될 솔직한 수긍은
해야 하지 않겠니.

사랑도 생물이라던가
하기에 더 행복이다.

시
제6부

내 닫혀진 가슴을 열고

고추잠자리

난 몰라
어쩌면 좋아
내 온몸이 화끈거려

형들이랑
술 찌검지 먹은 탓인가 봐

내 몸이
빠알게 졌어

집에 가야 되는데
어쩌지
정말 어쩌지

엄마한테 혼날 텐데
부싯댕이로 매 맞을 텐데
아니
쫓겨날 텐데

어린놈이
술 마셨다고.

오늘

오늘도 지는 해를
바라다본다.

나 아닌 너의 얼굴이
노을 속으로
내 맘속의 밀어를 주워
읽어갈 때

나는
너의 빈 마음을
무엇으로 채워줄까를
생각한다.

그립고
보고 싶은데도

사랑한다는 말
그 말은 또
아끼고 말았다

오늘도.

향수

기차가 서지 않고
제 갈 길을 달린다
왤까, 생각해보니
내 고향에 멈추려
설 수 없다 말하네.

또 비가 내립니다

비가 내리면
새싹이 틔워 오르듯
잠잠히 숨어 있다가도
이렇게
생각나는 사랑이
있습니다

창밖을 봅니다

살아있어 느끼는 감성

또 기다렸다는 듯
내 닫혀진 가슴을 열고
나의 눈길에 들어서는
당신이 있습니다

내겐 너무나 소중한
당신이 궁금한 것도
바람에 묻혀듭니다

누구에게나 있을 사랑은
아닙니다

내가 있고
당신이 있고

그리고
아직은 건강한 관계에서
느끼는 건강한 향기가
서로에게 선물입니다

아주 건강한 남과 여로써

아
참 좋은 오늘입니다
비가 내리는.

당미 연가

여기가 어디야
내가 난 곳이여

내가 나서 자란 곳
그런 곳 여

하늘이 알고
땅이 증명 한다니께

친구야
친구야

여기가 어디라고
그려
당미 당미 아리랑 이여

모질고 험한
세상이라 할지라도

나를 낳아주고
나를 키워주고
나를 응원하며

나를 반겨주는 곳
바로
내 고향이란 말여

성장통을 앓은
그런 곳이니까

너도 기억 혀

우리 동네 유
당미 유.

별이 된 너

누군가는
꽃을 피우지 못해 별이 되고
누군가는
아픈 사랑에 별로 떠 있고
누군가는
사랑이 그리워 별이 되고
누군가는
사랑하는 사람의 얘길 들으려
별이 되었다 하네

머리를 뒤로 젖혔을 때 뵈는
별 하나가 나를 응시한다
미소로 반짝이며
보고 싶었다는 익살도 떤다.

누구나 하는 사랑에
집착하지 말라 한다.

어찌 보면 나를 모른 채
자신만의 사랑 방법을 말해
주려는 의도된 접근으로
내세울 이유는 아니란 생각에
멈춤 할 뿐이다

그냥 이해할 편견이랄까

별수 없다
솔직한 나의 마음을 되네이며
사랑할 수밖에 없는 상황을
끈질기게 설파하는 방법만이
내가 사랑한다는 의중을
전달할 수완이 되었으면 한다

그러면서

사랑합니다
행복입니다
기쁨입니다

당신으로 인해
더 깊은 사랑을 완성하고
싶다

오래도록.

문득, 창밖을 보며

시절에 연연하는가

연연치 마라
멈추지 말아라
지금 뭐 하고 있는가

잠시 머물렀다면
뒤돌아보지 마라
너의 삶은 앞에 있다.

지금까지는
열정으로 왔다지만

이제부터는
의지로 가야 한다

지팡이 같은
믿음이 소중하다

벗들과
함께 가려면은
인연에 연연하라

아니 그런가?

장마철

늘 불안 불안 하다
구름의 전술 읽고
돌진한 세찬 비에
폭염까지 드시니
이래저래 맘 고생.

소녀

다시 볼 수
없을 것 같은
너를 뒤로한
한 소년이

지금

멈춰선 기억 너머로
너를 돌아본다.

다시
너의 청순미가
풋풋하고
상큼 발랄하다

그냥 미소지어 진다
그날처럼 또

너는
소녀
지금도 소녀다

너는.

가족의 의미

삶을 함께해
감사한 오늘
만물이
둥기뎅 이다

집안이
화목 하려면

첫째도
둘째도
셋째도

그 무엇보다
믿음을 주는
따뜻한 격려가
아니던가

가족의 응원 이외에
무엇이 더 필요할까

아니
그런가.

향기가 있는 추억

흘러갑니다

뒷모습 보이지 않고
그리움은
남겨둔 채로 덮인
흑백의 기억

묻힌 줄 알았는데
어느 날
문득 꺼내 들면

강물은 흘러
바다가 되었고
산천은 변하여
강산이 되었다하니

청운의 꿈을
그려대던 나의 가슴은
얼마나 커져 있을까

상황 속에 못다 이룬
지금이지만
꿈꾸는 세월 동안
깨소금 향기는 지금껏
풀풀 풍긴다

참
고소하고 맛깔스럽게
쓰여지고 있다는
시절 인연이 아삭아삭
씹히어온다.

봄날 오후의
전설처럼.

거위, 날개를 펴다

푸드득 힘찬 날갯짓으로
하늘 향한 비상의 찰나를
일필휘지의 기량 보이듯
몸놀림이 노련해 부럽고
바람도 안아 반겨 등민다.

세상은 아무리 넓어도

사랑은
두 연인이
어디에 있던
한곳을
향한다

강물이 흘러
바다로
빨려들듯이

한마음
한뜻이다

사람이 하는
사랑
아닌가.

너는 장미

도도한 너의 입술
까탈스런 손에
요염하기까지

어느 것 하나
순수한 멋 없는데도

사내들 가슴을
요동치게 하는
매력을 지닌 여인

담장을 넘보며
뉘 몰래
꺾어보려 애태우는
사춘기의 반란이
흠모에 이르던 그 날의
의미는 무엇 때문일까

환상이었던가

어느 이슥한 밤에
요염의 눈빛
골목길 내려봄은

한 번쯤
꺾이고 싶은 욕망
너의 가슴 한 켠에
도사리었음을 느꼈다
간절한 마음으로
뜨겁게

매정한 눈웃음 뒤의
너도
여자이니까.

숲속을 거닐며

내 인생
저들과 같으니
내 삶을 위한
동료이자 선배려니
묻고 답하며
숨고르기 한창이다

어딜 가시다가
여기 까지 오셨는가

사는 것이
내 뜻과 달라
한걸음 또 한 걸음을
거닐다 보니
예까지 왔지 뭡니까

그럼 돌아가게나
이제
우리들의 삶을 보고
느꼈을 테니
자네의 주관대로
인생을 펼치시게나

자신의 줏대 속 이웃을
보듬고 인정해주면서
각자도생의 길로 최선을
다한다면
나무들의 질서정연한
숲을 이루는 삶의 터전이
될 것이오

오직
당신의 소신만이
당신을 책임져줄 일
아니겠는가.

연리지

연민이
안아버린
너의 허리춤

별조차
두근댄

터질 것 같은
이 가슴

어쩜 좋아
정말
어쩜 좋아

이 행복.

하늘의 절대 치

하늘이
도와줘야
살 수가 있다
농삿일은
특히

필요한
조건 하나하나가
부족해도 과해도
아니 되니
늘
걱정이다

홍수도
가뭄도

하늘의
도움 없이는
농사를
지을 수는 없다

절대로.

5월의 독백

파란 하늘이 맑고 해맑아
앞산 덩달아 초록 옷 입고
절로 행복해 좋아 죽을 때
계절도 청춘 마음도 청춘
사랑 뜨겁게 불을 지른다.

구멍

단추가
빠듯하게
들어설 자리
그곳이
너였다

언제나
정중하게
끼워져야만
할

있을 곳에
있는

셔츠의 맵시가
아니던가.

하지 무렵 농촌 풍경

지금만 같았으면 좋겠다
들녘의 생기 희망 가득 차
나 보란 듯한 열정이 땅땅
지금의 행복 맘껏 누리자
이보다 좋을 날 또 있을까.

모두가 청춘 생기발랄해
내일의 꿈 희망이 보이니
삶이 즐겁고 사랑 넘쳐 나
아침이 좋고 저녁 기다려
농부의 마음 느긋한 행복.

이럴 수가

들판에
허수아비
헌 옷 입히고
깡통
쥐어 주는.

아
누굴
거지로 아나
해도
너무한
황금 들녘

그래 놓고
새 보란다

깡통
흔들며.

지금 와 생각해보니

눈물 한 방울
툭
떨어질 수 있는
벅찬 행복감에 겨울
감격의 순간이
내게 올 수 있던 날
그날

난
너의 존재가
그리 큰 것이었나를
실감했다

아픔 후에
비로소
느낀 행복이
날 찾아줬다

감사하다

네가
내 곁에 있다는 현실이.

연민의 시절

세월이
흐른 후에
널
기억할 수
있는
기회를

그 기회를
내게
남겨 논
너의 마음

아

어디까지가
사랑이었음을

음
지금은
아직은

난 알지
못 한다.

인생은

일찍 철들어
자기 삶 잘 산자도
후회는 한다

왜
인생의 길에
정답은 없는 것이기에

누구든
후회하고
더 낳은 인생관을
얘기하지 않던가

하여, 나의 결과론을 말한다

네가 걸어온 길
현재 살아가는 그 길이
네가 말하는
내 인생의 정답이라
당당히 말해준다.

생각해보자
그렇지 않던가
그렇지 않다면
내가 하는 말이 오답 일수 밖에.

수선화

널 보는 동안
네 꿈이 무엇인지
나는 모른다

그냥 예쁜 너
어느 꽃보다도
더 순결한

볼수록 정감이 간다

너는
수선화.

시
제7부

촛불 켜던 어느 날

시절 유감

무엇이 문제인지 알면서
말꼬리 잡고 늘어지는 너
싫으면 싫다 좋으면 좋다
분명히 맺고 끊을 일이지
술에 물 탄 듯 맹할 수 있나.

너는 그렇게 살아 가는가
비 갠 신작로엔 눈 멀뚱
언제 그랬냐는 듯 상큼하고
강아지 두리번 길 건널 때
차들은 빵빵 외면해 간다.

노년의 하루

소나기
퍼붓듯이
달려온 인생
삶 쫓던
나였고

술잔이
찻잔 잡고
벗 삼은 노을

취한 듯 탓한다.

이제야
살아볼 만한
인생이고
삶이란

알 것만 같은
인생의 삶인데

아하
그 한마디
곱씹는다

오늘도.

고갯길 인생

임이 걸어온 길 나는 못 가네
어찌 이리 왔을까 그 먼 길을
돌부리에 차이고 배곯으며
평생을 앞만 보며 달렸으니
얼마나 힘이 들어 지쳤을까
반백의 머리 굽어진 어깨에
그래도 웃음 지며 잘 왔다고
강언덕에 올라 휘파람 분다

한번 사는 인생 어느 누군 들
늘 참되고 알찬 삶이 되기를
그토록 갈망 노력도 했건만
내 뜻 알 수 없는 세월은 가고
쫓기는 인생 쫓아가는 희망
정답은 무얼까 궁금도 잠시
주어진 일 맡겨진 일 모두
나 아니면 누가 책임져줄까.

어쩌지

담장 위
갓 피어난
장미 한 송이
나와
눈을
마주쳤다

묘한 감정이
가슴을
쿵쾅거린다.

너를
처음 만나던 날
그날처럼

오늘 밤
또, 뒤척이며
널
그리워해야 할
긴 밤을
초대받았구나

나.

사랑, 그 정겨움

언제나
너와 나는
사랑을 지어
행복을
만든다

오늘도
노을을 보며
커피 향을
즐기고

사랑을 위한
행복을
짓는다

쿠쿠처럼.

찔레꽃·1

이뻐서
찾아가면
앙탈 부리던
그 가시네

지금
만나도
그때처럼
세침 띠며
너 왔나
반길까나

토라질
할까나.

찔레꽃·2

차마 순수를 잃을까 싶어
도도한 표정 달고 살았나
예쁘다해도 칭송 외로워
어느 한 사람 손길 안주니
속 깊은 정 나눌 수가 없네.

아 아 어쩌면 좋아 어쩌면
세월은 흘러 봄은 가는데
모내기 철 가뭄 내 탓이다
그 눈총 서러워 한숨짓고
그렁인 눈물 하이얀 당신.

외로운 집시

숲속을 걸어 나와
냇가에 앉아

고양이 세수하고
허리춤 올린 채로

마을로 들어서는
그리움이

길모퉁이 언덕에 앉아
나를 부름은

그녀도
그리움에 지쳐

이 길을 따라
다녀갔다고

어젯밤
창문을 두드리며
날 찾는 둥근 달 귓속말 한다

누군가도
늘 외롭다고.

소망

희망이
보이는 언덕
간절함이
꽃 필 때

절실한 마음
하나로

무지개 꿈을
잡는다.

참 좋은 너

지금 생각하면
얼마나
다행인지 몰라
너의
마음을 나는 읽고
너는
내 마음을 느껴가고

그리움으로
커피를 마시고

커피를 마시며
그리움을 삭히는

풍경의 시절 인연
앨범 속을 나선다

진한
향수의 감칠맛을
저어 간다

나는
너라서 참 좋고
너는
궁금만 할테고
속절없이.

사랑은

생각할수록
지독하게 그리워
미칠 것 같다

그렇게 되는 것이
사랑이란다

아
사랑은 미쳐지는 것이
당연한
과정이란다

그렇다면
나도 빨리 미쳐야겠다
사랑을 할려면

그럴까
정말
그러려나

혹시
그때는 그렇고
지금은
그렇지 않을 수도
있다면

나는
어떻게 해야 할까

나는.

너

그리움의 끝엔
언제나 네가 있다

곰곰이 생각해보니
다른 이는
보여진 적이 없다

이제 와서
왜일까 생각하니

내가
사랑한 사람이
너뿐인 까닭이다

나
너, 사랑해 왔다
가만히 생각해보니

그렇다.

꽃과 나

만남이
축복이며 위안을 얻는
한낱, 꽃이 아닌
우주 속의 인연이기에
위로를 주고받는 삶을 잇는
소중한 우리가 된다

꽃과 나로 인해 통념의
상식적 소통이 이뤄지는
불가분의 여정인 것이다

산다는 것에 대한
섭리란 것일까

혜안의 지경에 이를.

봄비처럼 추억이

내리는 빗길을 따라
그리움이 지나간다.

잊힐뻔한 오래된 기억

그땐
너도 나도 좋기만 했었는데 하는
생각이 떠 오를 때에

새록새록 풋풋해져 오는
청춘의 어여쁨에 나는
널 또다시 초대한다

황순원의 소나기를 읽던
설렘과 미지의 궁금함이
더 순수로 이끌던 시절

너를 좋아한다는 말이
너를 사랑한다는 말로
바뀌어 갈 때 쯤의 순정이
새삼스러웠다

너는 누구
나는 또 누구

비는 그칠 줄 을 모른채
꾸역꾸역 싸놓았던
유치하기까지 한 가벼운
얘기들을 헤치고 있다

비밀이었던 것처럼.

세월아

한 번쯤
사랑도 해봤을 나이쯤에
촛불 켜던 어느 날
눈물짓는 순간에
옛 생각이 서럽다.

어디에 있니?

잊혔던 시절의 추억
또박또박 뒷골목을 걸어
지금도 그때처럼
불나방이 될거냐고.

나에게 찾아들어 힐책하면
어쩌란 말인가?

너는 네 뜻대로
나는 내 뜻대로
스스로의 길을
달려 오지 않았던가

그랬으면서
이 무슨 질책인가

세상사, 인생사

제 뜻대로 이뤄진 적
얼마나 있었던가

너는
그리고
나는.

바람이 달린다

허리 휘늘어진 호밀밭에
짝지은 나비 부부 찾아와
서로가 감흥에 취해 갈 때
보란 듯 연미복 입은 제비
잽싼 날갯짓 빼앗는 시선.

개구리 뛰던 날

어디로 가야 할까 어디로
깊은 밤 잠못 들고 헤매며
촛불과 눈씨름 하던 시간
찾던 그리움 제풀에 지쳐
홀연히 창문 열고 삭힌다.

인생길 나름대로의 삶을
꾸려 가느라 힘들긴 하나
정작 맘대로 할 수 없는 일
사랑은 내뜻 받지를 않아
숱한 시간을 애타게 한다.

답답한 마음 달랠 틈 없이
계절은 옷을 갈아입으며
지정된 계획 착착 진행해
꽃들의 여왕 장미 맞고 자
짙푸른 잎이 잘근 두껍다.

너는 누구냐

시도 때도 없이 그리움으로
내 맘에 들어선 너
네 성에 차지 않으면 얼씬도
말 일이지
내가 모르는 너를 떠올려야 할
이유도 이유이려니와
대면 대면 하는 나를 굳이
찾아드는 까닭이
도대체 궁금한 건 사실이다

화려했던 사랑의 콩깍지도
꽃비 되어 사라진지 오래
겨우내 궁금했던 산하가
오롯이 제 갈길을 서두르는
4월을 견디었지 않았더냐

삶 속엔 거대한 우주의 법칙이
생성되고 소멸 되며 늘
내일을 향해 전진할 줄 밖에
모른다.

궁상맞게도 너와 나는 늘
상반되는 접점에서 부딪힌다
아프고
슬프고

괴롭힘을 반복하다가도
한순간의 기쁨 행복을 지어주는
그 작은 손길에 힘을 얻어
하루를 마무리하고 잠은
청해야 하는 오늘을 살아 간다

너를
그런 너를
그리워도 하고 원망도 하면서
너의 존재를 인정하고 마는
나는 또 나일 수밖에 없는 한
생을 연명해 가고 있다

너는 누구냐

나를
읽어가는 너는 늘 창 밖에 만 있다

너는
세월인거냐
너는.

네가 있는 그곳

네가 있는 곳이
어디인지 모르지만
그곳에 가고 싶다

지금 내가 너를
그리워하고 있기에
그곳이 궁금하구나.

너를 보고 싶은데
너를 만나고 싶은데
이곳엔 네가 없으니

네가 있는 그곳을
알 수는 없지만

잠시나마 널 생각해
안부라도 묻는다면
얼마나 다행일까

네가 있는 그곳이
그래서
궁금한 날이구나

오늘도.

봄이 좋은 건

자연 모두가
바람둥이라는 것
그중에 나도

사랑에
흠뻑 빠지어
헛 눈을 팔면서
스스로도
놀라

시절 인연에
질투질 하면서도
빠져드는
봄이었잖은가.

당신도
봄봄 봄

미쳐가지 않았던가
봄이라고

핑계 대면서.

살아보니

어디서
태어나느냐가
중요한 것이
아니라

어떻게
자라나느냐가
됨됨이를
인정받게 된다

탓하지
아니하며 스스로
개척해 갈때
박수를 친다

누구나
성공하고 싶지만
모두가
성공하진 못한다

사람답게
살아 왔느냐에
주어질 평가는
관심이리라

당연한.

잔인하다니 4월을

가라 하시면
가기야 하겠지만
잔인하다니

굳이 그런 말까지

피고 지는 건
자연의 섭리인걸
어찌하리오?

잔인한 4월이라
내숭 떨지 마오

기쁨이고 행복이며
축복인 것을

당신도
느끼었을 테며

뭘

4월이 있어
5월도 오지 않던가요.

어쩌란 말인가?

칠성암 삼거리에 궂은비 내려
오가는 이 보이지 않고
홀로 비를 맞으며 거니는 여인
이따금 하늘 보며 울부짖는 건
아픔을 잊으려는 흐느낌인가
아아아 이렇게 이렇게 마음 아파
비를 마시며 헤매이는 거리에
여인의 머리엔 사랑의 물방울이
흩어지고 흩어지고 흩어지고.

얼마나 비가 더 내려야 여인의
마음이 후련해지려는가
언제쯤 비가 그치고 맑아지려나
지나는 바람이 힐끗거리며
애처로운 듯 멈춰서서 빤히 보는
칠성암 삼거리엔 을씨년스러운
사랑의 비련만이 흐리고 흘러
발걸음 뛰지 못하는 물길조차도
고이고 고여 흐르지 못한다네 .

구름은 흐른다

원치 않아도 세월은 가고
내 뜻을 버린 삶의 길 또한
제 인생 위한 오늘을 산다
사랑도 마음 뺏긴 널 위해
최선을 다해 외로워하고.

봄의 물결을 뒤따라 가면
꽃향기 듬뿍 머금은 채로
겨우 겨울잠 깨어난 몸을
부지런 떨며 휩쓸린 채로
가는 세월을 여여해 하는.

산다는 건 행복을 찾는 일
오늘 보다는 내일을 위한
소중한 일상에 북을 주는
나다움을 위한 겸손이고
그런 희망 사항을 늘 편다.

나의 행복이 세상의 행복이니

내 삶을
즐겁게 할때
인생도
행복해 하고

진짜, 더 좋은 건

나로 인해
이웃과도
행복한 삶을
나눌 수 있으니

얼마나
좋은 일이냐

내가 행복하면
세상도
행복이다

생활을 하며
익혀가는
배움의 지혜다

참으로
다행아닌가
나를 위한 행복

자체가 .

윤중로에서

벚꽃이
풋풋하게
몽오리 속을
내어
보인다고

소녀들
풋 가슴 열며
설레임에
볼 붉다

봄의 예찬이
파란 하늘에
꽉 찬다.

잠 못 드는 추억

봄꽃이 피면
벌써, 그녀를 불러
함께 걷는다

해마다
이맘때면
연례행사처럼
그녀와
동행이다

이번 봄도
으레껏 그녀와
봄나들이하는
상상을 이어 간다

흑백 앨범속
손을 흔드는
첫사랑의 그녀

부른다, 또.

아, 청춘

애틋한
첫사랑의 기억
빛났던
청춘의 순간

오롯한
감흥의 연민
달빛 속에
있는가

푸르름을
간직한 채로
오래오래
책갈피 속에
다소곳이 숨 쉰다

약속의
영원한 맹세가
지금까지도
살아있다

아, 청춘이다.

제비꽃 당신

햇살이 내려앉아
내게 말했다
꿈이 무엇이냐고

나는 물었다
무슨 꿈이 좋으냐고

바람이 어깨를 툭툭 쳐
귓뜸을 하는 말

내가 행복해야
이웃도 행복 할테니
나에게
사랑을 듬뿍듬뿍
뿌려달라고
나직한 목소리로
중얼거리고 말았다

바람이 낄낄대며
손뼉을 치는 사이

진정한
꿈은 무엇이었을까
곰곰히 생각을 해봐도
정작 나의 꿈은
행복입니다 라는 말
감히 할 수가 없었다

너의 꿈이
무엇이냐고

깨소금 말 나누며
햇살 마시는 풋풋한 오후다.

물망초

언제 적 얘기 이리 또 할까
한때 죽도록 사랑한 너를
추억한 순간 머문 그리움
마음에 남아 그 맛 씹자니
내달리는 청춘 숨도 차다.

즐길 줄 아는 행복

지은이 | 안효만
펴낸이 | 고현숙
펴낸곳 | 문학 춘하추동
초판 인쇄 | 2025년 2월 6일
초판 발행 | 2025년 2월 13일
등 록 | 2023년 7월 19일, 제 2023-000001호
주 소 | 52319 경상남도 하동군 횡천면 경서대로 1140(2층)
전 화 | 055-884-5407, 010-3013-2223
e-mail | munhakcnsgce@hanmail.net
ISBN 979-11-985568-3-7
ⓒ 2025, 안효만